L'ARMÉE DES VOSGES

ET

SES DÉTRACTEURS

L'ARMÉE
DES · VOSGES

ET

SES DÉTRACTEURS

PAR

LE COMTE LOUIS PENNAZZI

Chef de bataillon à l'armée des Vosges, commandant les Chasseurs Égyptiens

Prix : 50 centimes

Au bénéfice des Blessés

LYON

ASSOCIATION TYPOGRAPHIQUE

Regard, rue de la Barre, 12.

1871

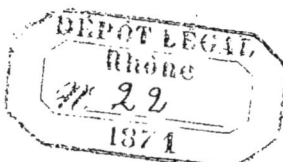

AU GÉNÉRAL BOSSAK-HAUKÉ

COMMANDANT LA 1ᵣᶜ BRIGADE DE L'ARMÉE DES VOSGES

MON GÉNÉRAL,

Permettez-moi de vous dédier ces quelques lignes que j'ai cru devoir publier afin de défendre cette pauvre armée des Vosges, si héroïque, si oubliée et surtout si calomniée, ainsi que pour relever les accusations que des lâches osent lancer contre le général Garibaldi, ce type du patriotisme le plus pur et le plus désintéressé.

Loin de vous, de mes chers camarades, de mes braves soldats, je ne saurais comment mieux employer le repos forcé auquel je suis condamné, qu'en défendant une armée à laquelle je m'honore hautement d'appartenir.

Agréez, mon Général, une cordiale étreinte de main, ainsi que l'expression de mon dévoûment.

> Louis PENNAZZI,
> *Chef de bataillon.*

L'ARMÉE DES VOSGES

ET

SES DÉTRACTEURS

———

Quand un fait aussi grand que la proclamation de la République en France, à la suite du désastre de Sedan, vint étonner les peuples et les rois, les patriotes, les libéraux de toutes les nationalités, sans distinction, sentirent vibrer dans leur cœur la corde suprême de l'espérance; tous, sans distinction, comprirent que de l'établissement de la République en France dépendait le progrès, la liberté des nations, tous, sans exception, oubliant les vieilles rancunes et les vieilles haines qui jusqu'alors avaient divisé les peuples, s'empressèrent d'accourir en offrant à la jeune République leur intelligence, leurs bras et leur sang, car tous comprenaient que de l'issue de la lutte franco-prussienne dépendait l'avenir, non-seulement de la France, mais bien celui de la liberté, de la civilisation, de la vitalité de tous les peuples européens.

Le premier à offrir son épée à la noble cause de la France fut Garibaldi, quoique, personnellement, il n'eût pas à se louer de la politique française durant les vingt dernières années.

Ces rancunes, je l'ai dit, ont disparu complètement;

je puis donc en juger consciencieusement et impartialement.

Le siége de Rome en 1849, l'annexion de Nice, de la patrie du grand citoyen, les obstacles constants que la politique impériale mettait à l'accomplissement de l'unité italienne et, en dernier lieu, la néfaste journée de Mentana, étaient autant de circonstances qui auraient probablement éloigné de la cause française tout individu dont les principes républicains eussent été moins sincères et moins solides. Mais Garibaldi, supérieur à tontes les attaques auxquelles il avait été en butte, Garibaldi, distinguant l'empire et sa politique de la France et du peuple français, Garibaldi, ne se souvenant que des bienfaits que l'humanité doit aux grands principes de 89, Garibaldi, enfin, dont la vie n'a été qu'un long sacrifice et un long martyre, échappant à la captivité dans laquelle il était tenu par le gouvernement italien, s'empressa de venir mettre à la disposition du gouvernement de la défense nationale son épée, son nom et son immense popularité.

Accueilli par les cris d'enthousiasme des patriotes français, il arriva à Tours où on lui confia le commandement de tous les francs-tireurs de la République, ainsi que la formation d'un corps d'armée auxiliaire dans lequel les étrangers seraient admis.

Le gouvernement de la défense nationale eut là une grande et noble idée. En réunissant en un seul faisceau les patriotes qui accouraient de toutes

les contrées du monde, il sanctionnait le grand
principe de la fraternité des peuples. Des Polonais,
des Italiens, des Grecs, des Egyptiens, des Suisses,
des Espagnols, des Arabes allaient se trouver tous
réunis, tous se battant et donnant leur sang pour la
grande idée républicaine, tous mûs par le même mo-
teur, par ce sublime mouvement progressiste qui a
accaparé, durant les dernières années, les sympathies
des peuplades même les plus éloignées des grands
foyers de la civilisation. Toutes ces nationalités di-
verses porteraient après la guerre les principes de la
révolution dans leurs pays respectifs, ils y feraient
connaître le nom de la France ; ils attireraient vers
ce noble et grand pays les sympathies de leurs com-
patriotes, ils formeraient, enfin, le noyau de cette
armée cosmopolite qui, tôt ou tard, sortira de France
pour délivrer tous les peuples et briser tous les
jougs.

Telle est la conséquence logique de la formation
d'un corps d'armée sous le commandement de Garibaldi, l'unique homme au monde dont le nom est
assez populaire pour réunir en un seul groupe les
membres dispersés de la démocratie européenne.

Ce but a-t-il été rempli? a-t-on donné à Garibaldi
des moyens efficaces d'accomplir cette grande mission? c'est ce que je ne crois pas et que je démontre-
rai dans les pages qui suivent.

Deux choses sont nécessaires pour organiser un
corps d'armée quelque petit qu'il soit : la première

est la facilité des communications par lesquelles on peut recevoir, des arsenaux et des grands entrepôts, les objets d'habillement et d'armement nécessaires aux troupes ; la deuxième est l'éloignement du théâtre de la guerre, afin que les cadres puissent être régulièrement formés et remplis et afin qu'on ne soit pas obligé d'opposer journellement aux coups de l'ennemi des soldats qui n'ont reçu aucune instruction préliminaire et dont l'équipement est loin d'être complet.

Garibaldi a-t-il pu former l'armée des Vosges dans les données susdites ? tout le monde sait le contraire.

Les éléments dont se compose son armée étaient, à l'époque de son arrivée à Dôle, où il fixa son premier quartier général, éparpillés dans divers départements. Le gros des volontaires garibaldiens étrangers était à Chambéry et à Marseille et de nombreuses compagnies de francs-tireurs indigènes étaient en formation dans les villes principales. Ces bataillons, composés, la plupart, de jeunes gens désireux de se mesurer avec l'ennemi, n'attendirent pas d'être armés et équipés entièrement.

Espérant trouver au quartier général ce qui leur manquait, ils partirent et presque tous arrivèrent à Dôle, qui désarmé, qui sans chaussures, qui en habit civil, sans le moindre signe de reconnaissance qui dénotât leur qualité de belligérants.

Le quartier général se trouva dans une position

fort embarrassante. D'un côté, l'unique ville qui pouvait donner à l'armée des Vosges ce qui lui manquait, Lyon, n'avait pas de trop de toutes ses ressources pour équiper ses propres légions de marche ; les autres grands centres, fort éloignés de Dôle, étaient tous, plus ou moins, dans la même position ; d'un autre côté, l'ennemi poussait ses reconnaissances jusqu'à quelques kilomètres du quartier-général même.

Voici, du reste, le nom des quelques corps qui, armés la plupart de carabines Minié et de fusils à piston, pouvaient à cette époque tenir la campagne : un bataillon de gardes mobiles des Alpes-Maritimes, une compagnie de chasseurs égyptiens, trois compagnies de francs-tireurs de l'*Egalité*, deux compagnies de francs-tireurs provençaux, une compagnie de francs-tireurs savoyards, une compagnie de francs-tireurs dôlois, et enfin quelques petits détachements d'une vingtaine d'hommes chacun, comme les éclaireurs de Gray, etc.; le tout montant, à peu près, à 2,500 ou au maximum à 3,000 hommes. D'artillerie, point ; de cavalerie, point, et ce qui plus est, rien dans les magasins. C'est ainsi que des bataillons entiers, tels que les chasseurs des Alpes-Maritimes, la légion espagnole, etc., qui auraient pu être fort utiles dans le pays accidenté qui, de Dôle, conduit à Pesme et à Gray, ne purent rendre aucune espèce de services pour manque d'armes et d'habillements.

Il ne fallait que la confiance que Garibaldi a toujours eue dans sa bonne étoile et dans la bonté du principe qu'il défend, pour qu'il acceptât le commandement dans de pareilles conditions.

Ce ne fut que peu à peu, après des miracles d'énergie et de patience de la part du général et de quelques officiers, que l'on arriva à organiser quelques nouvelles compagnies, quoique cependant lors du départ du quartier général de Dôle, c'est-à-dire, après plus d'un mois de permanence dans cette ville, l'armée des Vosges qui partait pour Autun, afin de défendre les départements de Saône-et-Loire et de la Côte-d'Or, ne comptait guère plus de 6,000 combattants, dont tout au plus un tiers était armé de fusils se chargeant par la culasse.

Aux difficultés matérielles susdites qui empêchaient de pourvoir aux besoins les plus pressants de l'armée en formation, il faut ajouter les difficultés morales sans nombre qui entravaient la marche rapide des opérations.

D'un côté les intendances militaires, la plus part composées d'officiers routiniers, incapables de comprendre qu'aux moments de péril, au lendemain d'une révolution, quand l'ennemi foule le territoire national, il faut passer sur certains détails bureaucratiques et purement administratifs, pour prendre des mesures rapides, énergiques, imprévues, à la hauteur des circonstances qui les exigent, entravaient par leurs lenteurs au lieu de coopérer au ravitaillement de l'armée.

D'un autre côté, le mauvais vouloir de quelques officiers supérieurs français qui, habitués au militarisme impérial, ne voyaient dans Garibaldi qu'un révolutionnaire qu'ils avaient toujours combattu en paroles et en actions, mais qui surtout jalousaient la popularité immense de ce grand citoyen (1), fut une des causes principales de l'abandon dans lequel fut laissée l'armée des Vosges.

Cet antagonisme, du reste, entre les corps réguliers et les corps volontaires ou auxiliaires d'une armée existe dans presque tous les pays du monde, et est souvent cause de fautes ou de désastres qu'une sincère entente cordiale entre toutes les forces du pays auraient facilement évités.

Malgré cependant tant de causes contraires, la petite armée de Garibaldi en imposa suffisamment à l'ennemi pour l'obliger à mettre un terme aux excursions et aux reconnaissances qu'il faisait dans les villages du Jura, réquisitionnant de l'argent et des vivres. Des combats heureux furent livrés par quelques compagnies de francs-tireurs, entre autre par

(1) A Marseille, l'auteur était à la gare du chemin de fer, quand Menotti Garibaldi partit de cette ville. Des députations de la municipalité, de la préfecture et de la garde nationale l'accompagnaient, il eut une véritable ovation Un général français, qui se trouvait présent, lança les plus amères diatribes contre cette démonstration ; ses paroles furent relevées par plusieurs officiers de la garde nationale qui mirent un terme à une scène ridicule et peu digne du haut grade de celui qui l'avait provoquée.

par les chasseurs égyptiens, soutenus par un déta-
chement de francs-tireurs de l'*Egalité*, ainsi que
par les francs-tireurs provençaux, qui firent subir
à l'ennemi des pertes même assez considérables.

Telle était la situation et l'effectif de l'armée des
Vosges, quand l'ordre lui fut donné de rejoindre le
quartier général à Autun, le 10 novembre 1870.

Dans cette ville se concentrèrent d'autres compagnies franches ; quelques vêtements et 1,200 carabines Spencer furent distribuées à la brigade Menotti
et à quelques corps détachés.

Quand on partit d'Autun pour aller dans le département de la Côte-d'Or pour y commencer les opérations militaires, l'armée pouvait compter au maximum
7,000 hommes armés de carabines de différents mo-
dèles, à l'exception cependant de la garde mobile qui
ne possédait que des fusils à piston. D'artillerie et de
cavalerie, on n'en possédait point, malgré les nombreuses demandes que le général en faisait journellement au gouvernement de la défense nationale et
aux différents arsenaux. De même, l'ambulance ne
comptait que quelques chariots réquisitionnés, très-
peu de brancards pour le transport des blessés, et
presque pas d'appareils, de trousses et de médica-
ments.

Malgré cette infériorité de nombre et d'armement,
la petite armée prit courageusement le chemin qui
menait à l'ennemi, lequel, dérouté complètement

par les marches et contre-marches des différentes compagnies et trompé sur leur nombre, quitta toutes les positions où il s'était jusqu'alors maintenu pour ne garder que la route qui, de Dijon, conduit à Paris en passant par Châtillon-sur-Seine.

Le brillant combat livré dans cette ville le 18 novembre par Riciotti Garibaldi, qui s'en empara en tuant un colonel, 80 hommes, en faisant 143 prisonniers, parmi lesquels on comptait 7 officiers et en prenant à l'ennemi 80 chevaux, dénote assez quel esprit animait les compagnies commandées par ce jeune et vaillant colonel.

Les combats de Plombières et de Vellard, le 25 et le 26 novembre, contre des forces triples et possédant une nombreuse artillerie, prouvent assez que les soldats de Garibaldi n'étaient pas des pillards sans foi, ni loi, ni courage, mais qu'au contraire c'étaient des soldats prêts à mourir et à donner tout leur sang pour le salut de la patrie.

A cette époque, à peu près, on reçut la première batterie d'artillerie qui soit arrivée à l'armée des Vosges, ainsi qu'un fort régiment de gardes mobiles de l'Aveyron (42e de marche), comptant à peu près 3,500 combattants qui, hélas, n'étaient armés que de fusils à piston.

L'attaque de Dijon, le soir du 26 novembre, où les bataillons garibaldiens laissèrent 400 des leurs à 150 mètres des portes de la ville, après avoir enlevé à la baïonette les villages de Pâques et de Prénoir occupés par les Prussiens, le combat de Lanthenay, le 28 novembre, quoique forçant l'armée à se retirer sur Autun, prouvent abondamment qu'elle pouvait être vaincue par le nombre et la supériorité de l'armement, mais que cependant elle savait hautement soutenir l'honneur du drapeau.

Le 30 novembre, l'armée et le général étaient de retour à Autun. Pendant quinze jours on avait fait en moyenne 40 kilomètres par jour sous des pluies battantes et on avait soutenu sept combats, savoir : le 18 novembre, Châtillon ; le 19, deuxième attaque de cette ville par les Egyptiens, les Espagnols et les francs-tireurs Dôlois ; le 25 et le 26, la première brigade combat à Vellard ; le 26 au soir, attaque de Dijon par Garibaldi et le gros de l'armée ; le 27, combat de toute l'armée à Lanthnay, et le 29, à Arnay-le-Duc.

Le 1er décembre, l'ennemi attaque Autun, tous les corps rivalisent de zèle et d'ardeur, les gardes mobiles se battent comme de vieux soldats, et les troupes de Werder, après un brillant combat qui dura quatre heures, furent obligées de lâcher pied et de se retirer en désordre avec des pertes fort nombreuses.

L'armée ne possédait alors qu'une batterie de petits canons de montagnes.

Dire les privations de toute espèce auxquelles l'incurie des intendants soumirent la petite armée pendant ses marches, serait impossible.

On voyait des compagnies entières sans chaussure ou en sabots, les uniformes n'étaient que haillons trempés par les pluies torrentielles de l'automne ; tel était enfin l'état désastreux de ces pauvres soldats, que plus d'une fois l'auteur a vu les habitants de différents villages pleurer en voyant le dénûment absolu de ces braves défenseurs de la France.

Et on a le courage, après cela, de se plaindre de ce que l'armée des Vosges coûte à la République ; on a le courage de regretter les rares et maigres envois qui, de temps en temps, procuraient à l'armée quelques vêtements indispensables, vu la rigueur croissante de la saison. Que ces détracteurs, que ces calomniateurs de tout ce qui est courage et abnégation fassent ce qu'a fait l'armée des Vosges ; qu'au lieu de se prélasser dans les cafés de Lyon et de Marseille, ils viennent supporter les fatigues, les marches, les embuscades et les combats, sans rien pour les abriter contre les intempéries de la saison, et alors, quand ces beaux fils auront acquis leur part de gloire, quand ils auront mis hors de combat, dans une quinzaine de jours, 17,000 hommes (1), alors nous leur permettrons de parler et d'exprimer leur

(1) Le *Salut public* de Lyon, en date du 9 janvier 1871, publie : « Par des prisonniers prussiens faits à Dijon, on a su que les pertes de l'ennemi aux combats de Châtillon, Plombières, Vellard, Dijon et Nuits ont monté à 17,000 hommes entre morts, blessés et malades. » — En admettant sur ce chiffre la proportion énorme de 7,000 malades, les pertes prussiennes faites sur le champ de bataille et occasionnées par l'armée des

opinion sur notre compte, mais jusqu'alors qu'ils nous permettent de douter de la valeur de leurs paroles et de leur patriotisme, car ils font œuvre de mauvais citoyens en portant la discussion et la discorde dans le camp des défenseurs de la République.

Après le combat d'Autun, Garibaldi comprit que, quel que fût le courage de ses soldats, il lui était impossible d'attaquer de nouveau l'ennemi à moins que ses troupes ne fussent ravitaillées et fournies d'une artillerie suffisante, qui fît disparaître la trop grande différence existant entre les forces prussiennes et les nôtres.

Le croira-t-on ? Pendant tout le mois de décembre et encore au 10 janvier 1871, par onze degrés sous zéro, les soldats étaient sans capotes (1) ; pendant un mois entier le général fut obligé de prier et de supplier pour avoir un matériel d'artillerie suffisant et pour former trois escadrons de cavalerie. Quant aux fusils, impossible d'en avoir et même aujourd'hui la garde mobile n'est armée que de fusils à piston, pendant que beaucoup de compagnies franches, et des meilleures, sont complètement désarmées.

Autre incurie digne de remarque, c'est l'envoi

Vosges, à l'exception du combat de Nuits, seraient de 10,000 hommes.   *(Note de l'auteur.)*

(1) Le général Bossak-Hauké, écrivant à l'auteur le 10 janvier 1871, dit : « …. Nous partons aujourd'hui pour Dijon ; le croiriez-vous, nous n'avons pas encore une seule capote, et pas un fusil pour armer les nouvelles compagnies…. »

                                      (Note de l'auteur.)

fait par les intendances de chaussures portant toutes les numéro 27 et 28, pendant que la plupart des hommes chaussent les numéros 31 et 32. Cette incurie fut cause que les soldats marchaient presque nu-pieds par un froid des plus rigoureux (1).

Les faiseurs de plans de campagne, les guerriers d'estaminet et autres de la même force ont reproché et reprochent encore au général cette inaction de cinq semaines ; mais, outre les motifs que nous avons exposés plus haut et qui avaient pour but l'équipement et l'armement des différents corps, d'autres motifs non moins valables forcèrent le général à prendre cette mesure.

Quand, à Dôle, on créa l'armée des Vosges, bon nombre d'aventuriers prétendant, qui un dévouement inaltérable à la République, qui des services rendus à la cause de la liberté, se présentèrent à l'état-major ; on avait besoin d'hommes, on n'eut pas le temps de régulariser leur position et on conféra même des grades à quelques-uns d'entre eux. Il était nécessaire de séparer le bon grain de l'ivraie et de prier ces messieurs de retourner chez eux. C'est ce qui fut fait ; malheureusement cette mesure ne servit pas à grand chose, car beaucoup de ces mêmes individus reprirent service dans d'autres corps en augmentant même de grade. Nous reviendrons sur ce

(1) L'auteur fut obligé d'envoyer un officier expressément à Lyon pour obtenir des chaussures convenables pour sa légion.

(Note de l'auteur.)

sujet en parlant du manque d'unité dans la direction générale des affaires de la guerre.

Plusieurs officiers reçurent leur démission, d'autres furent arrêtés et soumis à la cour martiale; enfin de tous côtés on chercha à rétablir cet ordre sans lequel il n'y a ni armée, ni discipline possible.

Malgré cette rigueur salutaire que tout soldat approuvera, on a trouvé le moyen d'attaquer Garibaldi, même sur cette réorganisation de son armée.

A Lyon, plusieurs officiers, et entre autres un capitaine d'artillerie dont nous regrettons de ne pas savoir le nom, ont lancé publiquement l'accusation de cruauté et de férocité à Garibaldi, qui est, je crois, l'homme le plus doux et le moins sanguinaire de la terre. Sans doute il y a des hommes qui ont été fusillés à Autun, mais ces hommes étaient des lâches ou des pillards. Dans sa qualité d'étranger et de chef de soldats, pour la plupart étrangers, il fallait des exemples qui inspirassent le respect à la propriété et à l'uniforme. Du reste, je crois qu'on n'exécuta que quatre sentences capitales, et que toutes les autres furent commuées sur la prière même de Garibaldi.

De même qu'on a attaqué l'exécution de quelques soldats, on a attaqué la sentence prononcée contre l'ex-lieutenant colonel Chenet, commandant la légion d'Orient.

Nous ne voulons point ici discuter le jugement

prononcé par la cour martiale d'Autun ; elle a jugé ; elle a condamné. Garibaldi n'est point responsable des sentences prononcées par ce tribunal. S'il a eu un tort dans cette affaire, c'est, selon moi, d'avoir fait gracier le colonel Chenet de la peine de mort, par le gouvernement de Bordeaux, en la faisant commuer en celle de la dégradation, doublée des travaux forcés à perpétuité, peines autrement atroces pour un homme de cœur, tel que l'est, dans ma conviction, le colonel Chenet.

Nous ne voulons faire aucune appréciation. La première fois que nous avons vu M. Chenet, fut lors de la douloureuse scène de sa dégradation. Cet homme, dont le passé est du reste fort beau, soutint avec un tel courage, avec une telle dignité cette terrible épreuve devant une armée tout entière ; il jetait en défilant devant les troupes un coup d'œil si fier et si calme ; la sympathie de son bataillon, un des plus beaux de l'armée, lui était tellement acquise, qu'il nous semble impossible que cet homme fût un lâche ou un traître. Sans doute qu'il a manqué comme soldat : chargé de défendre Saint-Martin lors de l'attaque d'Autun, il se retira ; mais, malgré cela, je tends à le croire plus victime que coupable, car d'autres que lui, d'un grade supérieur au sien, lui avaient donné l'exemple de la retraite, en se retirant jusqu'à Marmagne et en répandant la nouvelle de la prise d'Autun par l'ennemi. Des témoins existent de ce fait, et même des témoins dont la véracité ne peut être mise en doute.

Dans tous les cas, ce douloureux épisode ne

prouve qu'une chose : l'horreur de Garibaldi pour l'effusion du sang et la hâte avec laquelle il sollicita la grâce du condamné.

Il ne faut pas croire du reste que ce mois de repos à Autun fut un mois d'inaction ; les compagnies, dès qu'elles étaient pourvues à peu près du nécessaire, partaient pour harceler l'ennemi partout où il se présentait ; de nombreux avant-postes étaient maintenus, et toute l'armée s'exerçait journellement aux manœuvres de guerre.

La rapidité avec laquelle toute l'armée se porta, le 18 et le 19 décembre, au secours du général Kremmer, lors du combat de Nuits, prouve assez que l'on était préparé à tous les événements. Ici encore, mes lecteurs doivent me permettre une digression, afin de combattre une des plus plates calomnies contre Garibaldi, dont la vie entière d'héroïsme et de sacrifices suffirait pour anéantir, à tout jamais, les lâches insinuations de ses ennemis.

C'est bien dur à confesser, et cependant il y a des gens qui prétendent que, si le combat de Nuits se termina par une retraite, ce résultat est dû à l'inaction de l'armée de Garibaldi et au retard qu'il mit à se porter au secours du général Kremmer.

On veut accuser Garibaldi de jalousie ; on veut le faire croire capable de sacrifier la sainte cause qu'il défend à un sot sentiment d'amour propre ; on veut l'accuser voir même de trahison.

Rétablissons les faits dans toute leur vérité. La nouvelle du combat de Nuits et la demande de secours n'arrivèrent au quartier général que dans l'après-midi du 18; à l'instant même on battit le rappel, et la brigade Riciotti partit au pas de course pour la gare; on l'installa comme on put sur toute espèce de véhicules, et une heure après elle partit pour Beaune, où elle arriva à onze heures du soir; de là elle se dirigea sur la Douay, à mi-chemin entre Beaune et Nuits.

A peine la brigade Riciotti était-elle partie, et aussitôt que chef de gare put fournir le matériel nécessaire, la première brigade, sous les ordres du général Bossak-Hauké, partit dans la même direction. Elle arriva à Beaune le 19, vers 9 heures du matin. Les généraux Kremmer et Bossak eurent une longue conférence ensemble. Le général Bossak penchait pour une attaque sur Nuits avec toutes les forces combinées; le général Kremmer, au contraire, faisant valoir la fatigue extrême de ses hommes et l'épuisement presque total de ses munitions, penchait pour continuer la retraite sur Chagny. Les deux généraux envoyèrent ensemble une dépêche à Garibaldi, qui venait d'arriver à cette station. Le général en chef répondit aussitôt, se rangeant à l'avis du général Kremmer; seulement, comme à Chagny les têtes de colonnes de l'armée de Lyon commençaient à arriver, et que cette petite ville se trouvait dépourvue de vivres, il ordonna à la première brigade de reprendre ses cantonnements, laissant Riciotti toujours aux avant-postes.

Telle est la seule version que l'on peut donner à cette marche de l'armée des Vosges.

Dès que la dépêche arriva, les troupes marchèrent. Je défie qui que ce soit de soutenir et de prouver le contraire.

La première brigade, comme nous l'avons dit, retourna dans ses cantonnements à Autun ; tout le reste des troupes conserva ses positions aux avant-postes, harcelant continuellement l'ennemi. Témoin le combat de Sombernon, et celui soutenu, il y a quelques jours, sur la route qui de Precy, conduit à Saulieu, par les francs-tireurs de l'*Égalité*.

Ayant résumé dans ces quelques pages l'histoire de l'armée des Vosges jusqu'à ce jour, où toutes les guérillas occupent le département de la Côte-d'Or, s'opposant pas à pas à la marche de la colonne prussienne qui se trouve à Montbart, je veux entrer en quelques considérations sur l'origine des accusations qu'on lance contre Garibaldi et contre son état-major, ainsi que sur la déviation du noble but qu'on s'était proposé : de réunir dans les mains du général tous les membres de la démocratie européenne qui venaient sceller, en servant la République, le grand pacte de la fraternité des peuples.

On n'accuse pas Garibaldi personnellement, tant cette grande figure en impose par son passé et par son présent. Il n'y a que quelques organes de la presse, amis dévoués du parti clérical, comme, par exemple, le *Courrier de Lyon*, qui l'accablent de plaisanteries d'un goût plus que douteux, même en parlant des maladies et des douleurs qui devraient précisément le faire respecter.

Ces accusations, ces plaisanteries sont si lâches; elles sentent tellement la boue et l'égoût d'où elles sortent, que je ne me salirai pas en leur répondant; je me contenterai de dire avec le poète italien :

Non ti curar di loro, ma guarda e passa.

Les organes sérieux de la presse, je me plais à le reconnaître, respectent l'individualité du général; ils n'accablent que son état-major, et surtout son chef d'état-major, le colonel Bordone.

Je connais fort peu le colonel Bordone; je n'ai eu avec lui que quelques rapports de service ; il a toujours fait droit aux requêtes que je lui ai présentées pour l'organisation de mon bataillon ; là se sont bornées nos relations; je ne puis donc être juge compétent sur la valeur des accusations qu'on dirige contre lui.

Je me contenterai de répondre aux attaques dans lesquelles on confond l'armée des Vosges avec le colonel Bordone, par une demande. Y a-t-il en France des lois et des magistrats chargés de les appliquer ? Je le crois. Pourquoi donc alors le gouvernement est-il assez faible pour ne point éclairer Garibaldi ? pourquoi est-il assez faible pour laisser le colonel Bordone impuni, s'il est coupable, ou pour

le laisser calomnier, s'il est innocent? Voilà ce que je
ne comprends pas. Voilà ce qui m'étonne.

Quant aux journaux qui attaquent le colonel Bordone, ils devraient, il me semble, l'attaquer personnellement, sans envelopper toute une armée dans
leurs accusations et dans leur blâme.....

J'ai dit au commencement de cette brochure quel
était le grand but du gouvernement de la défense
nationale, en donnant à Garibaldi la faculté de ras-
sembler les soldats de la démocratie universelle pour
en former un corps d'armée. J'ai démontré quelles
avaient été les difficultés matérielles qui ont retardé
l'organisation complète de ce corps. Aujourd'hui
qu'elles sont en partie éliminées, on élève une diffi-
culté morale bien plus grande ; on divise les forces ;
on donne à un autre les mêmes pouvoirs qu'on avait
confiés à Garibaldi, seul capable, par la popularité
de son nom, de réussir. On constitue enfin un antagonisme dangereux au moment où toutes les forces
unies et concordantes devraient agir contre l'ennemi.

Avec la même franchise qui m'a distingué jusqu'ici,
je ne cacherai pas mon opinion, que la formation du
corps de l'Étoile, sous les ordres du général Frappolli est un rude coup donné à l'union et à la fraternité qui devraient relier tous les républicains.

Loin de moi d'accuser le général Frappolli ; je
connais trop son passé, sa valeur militaire, son talent
et son patriotisme. Personne plus que moi ne res-

pecte en lui une des victimes des ex-gouvernements italiens; personne plus que moi, enfin, ne l'estime; mais, malgré tous ces sentiments, je suis obligé de convenir du mal que la formation du *corps de l'Étoile* fait à l'armée des Vosges, et des obstacles qu'il met à la réalisation du but unitaire et fraternel que l'on s'était proposé.

D'abord cette armée en partie double, non soumise à une direction unique, est cause de pas mal de désordres. Des officiers, des soldats, non contents de leur position dans l'une d'elles, partent et vont s'engager dans l'autre; d'autres, renvoyés pour motifs disciplinaires et même pour des choses plus sérieuses, arrivent à cacher leur honte et à obtenir des grades plus élevés. Il y a de la canaille partout, et je ne prétends pas que les deux armées soient privées de cet élément. Mais pourquoi aussi ne pas expulser ces aventuriers de tous les corps? Pourquoi leur départ de l'armée des Vosges est-il suffisant pour leur faire obtenir un avancement dans l'armée de l'*Étoile*? C'est donc du recrutement que l'on veut faire, et cela sans se préoccuper ni de la moralité, ni du courage des hommes que l'on recrute!!!

La plus grande partie des volontaires sont italiens. Ces jeunes gens sont venus pour défendre la République sous les ordres de Garibaldi; il les a tant de fois conduits à la victoire, que lui seul a sur eux un ascendant moral qui les ferait hacher sur un signe de lui. C'est du fétichisme si l'on veut, mais pourquoi l'empêcher; pourquoi contrarier ces jeunes soldats;

pourquoi les retenir à Lyon, quand ils sont déjà armés et équipés, au lieu de les envoyer sur le champ de bataille avec leurs camarades et le général de leur choix ?

Cette division est bien malheureuse. Je sais bien que le général Frappolli a écrit à Garibaldi pour lui offrir son petit corps d'armée, et que son envoyé ne put remettre la lettre dont il était porteur; ce qui, entre parenthèse, m'étonne beaucoup, le général étant accessible à tout le monde. Mais alors, si des deux côtés on veut fusionner, pourquoi empêcher des volontaires italiens, déjà armés et équipés, je crois par la ville de Vienne, en Dauphiné, quand leur volonté bien arrêtée est de rejoindre l'armée des Vosges et Garibaldi, sous les ordres duquel ils s'étaient engagés ; pourquoi les empêcher, dis-je, de réaliser leurs vœux en les retenant à Lyon, et même en arrêtant le lieutenant M....., qui était chargé de les conduire au camp ?

Tous ces faits sont bien à déplorer ; ils exaspèrent les hommes, ils donnent lieu à une masse d'intrigues, ils stimulent l'antagonisme ; et, ce qui est plus malheureux, ils privent la République du concours de braves défenseurs.

Le gouvernement de la défense nationale n'aurait-il pas pu confier au général Frappolli, dont les qualités comme organisateur sont reconnues, la mission d'enrôler, d'habiller, d'armer tous les volontaires qui se présenteraient, pour, à mesure que les compagnies ou les bataillons seraient formés les expédier sur le champ de bataille, sous les ordres de Garibaldi. Tout antagonisme cesserait, et la République aurait le bénéfice d'avoir tous ses défenseurs parfaitement organisés et faisant face à l'ennemi.

Il est encore temps de remédier à cet état de choses ; il suffit pour cela de mettre une bonne fois de côté les intrigants qui, voulant pêcher dans l'eau trouble, trouvent leur avantage à le faire durer ; il suffit d'être assez grand pour surmonter quelques antipathies personnelles, qui ne peuvent être préférées à l'amour de la liberté et de la République ; il suffit, pour que le but que se proposait le gouvernement de la défense nationale s'accomplisse, que Garibaldi et Frappolli, tous deux probes et honnêtes citoyens, tous deux valeureux soldats, qui s'aiment et s'estiment mutuellement, veuillent bien s'entendre. Qu'ils s'abouchent, qu'ils discutent sérieusement à eux deux, en éloignant toutes les influences et toutes les intrigues, leurs opérations, leurs attributions et la ligne de conduite que chacun d'eux devra tenir.

J'ai fini ma tâche. Sérieusement attaché à la cause républicaine, tout ce qui pourrait en retarder le triomphe est pour moi un obstacle qu'il faut vaincre, coûte que coûte ; admirateur du général Garibaldi, l'ayant suivi depuis douze ans dans toutes ses campagnes, j'ai voulu protester contre ceux qui le dénigrent ; depuis longtemps soldat, je demande la concorde et l'unité de commandement sans lesquels l'armée ne peut exister ; officier de l'armée des Vosges, où je compte tant de bons et de braves frères d'armes, tant de soldats que je vois accourir à l'appel de la liberté, depuis l'époque de Palestro et de Solférino jusqu'à aujourd'hui, j'ai voulu défendre le corps auquel j'appartiens, j'ai voulu défendre mes amis et mes soldats.

Ai-je réussi ? Puis-je espérer que ces pensées que j'ai longtemps retenues en moi, et que je livre présentement au public, produiront l'effet que je désire ? J'ose le croire. J'ai confiance dans la loyauté et la justice des personnes auxquelles je m'adresse ; j'y ai tellement confiance, que je suis sûr qu'aucune d'elles ne réclamera contre l'efficacité des moyens que je propose.

J'ai mis la plus grande réserve en parlant des personnes, car j'ai toujours pensé que les insultes ne sont point de bonnes raisons. Si quelquefois j'ai été un peu vif en repoussant la calomnie, j'en accepte la responsabilité, car il y a des choses auxquelles on ne peut répondre que par le mépris ; il y a des insultes qui en attirent d'autres. Je le répète, du reste, cette brochure n'est que l'expression de mes pensées intimes ; je l'ai écrite loin de toute influence, en me dépouillant autant que possible de ma personnalité d'officier de l'armée des Vosges, prêt à en accepter seul toute la responsabilité, quelle qu'elle soit.

Lyon Association typographique — Regard, rue de la Barre, 12

27

www.ingramcontent.com/pod-product-compliance
Lightning Source LLC
Chambersburg PA
CBHW060851180626
46818CB00004B/1656